あらくさ

馬場涼子川柳句集

Baba Ryoko
ARAKUSA
Senryu magazine Collection No.5

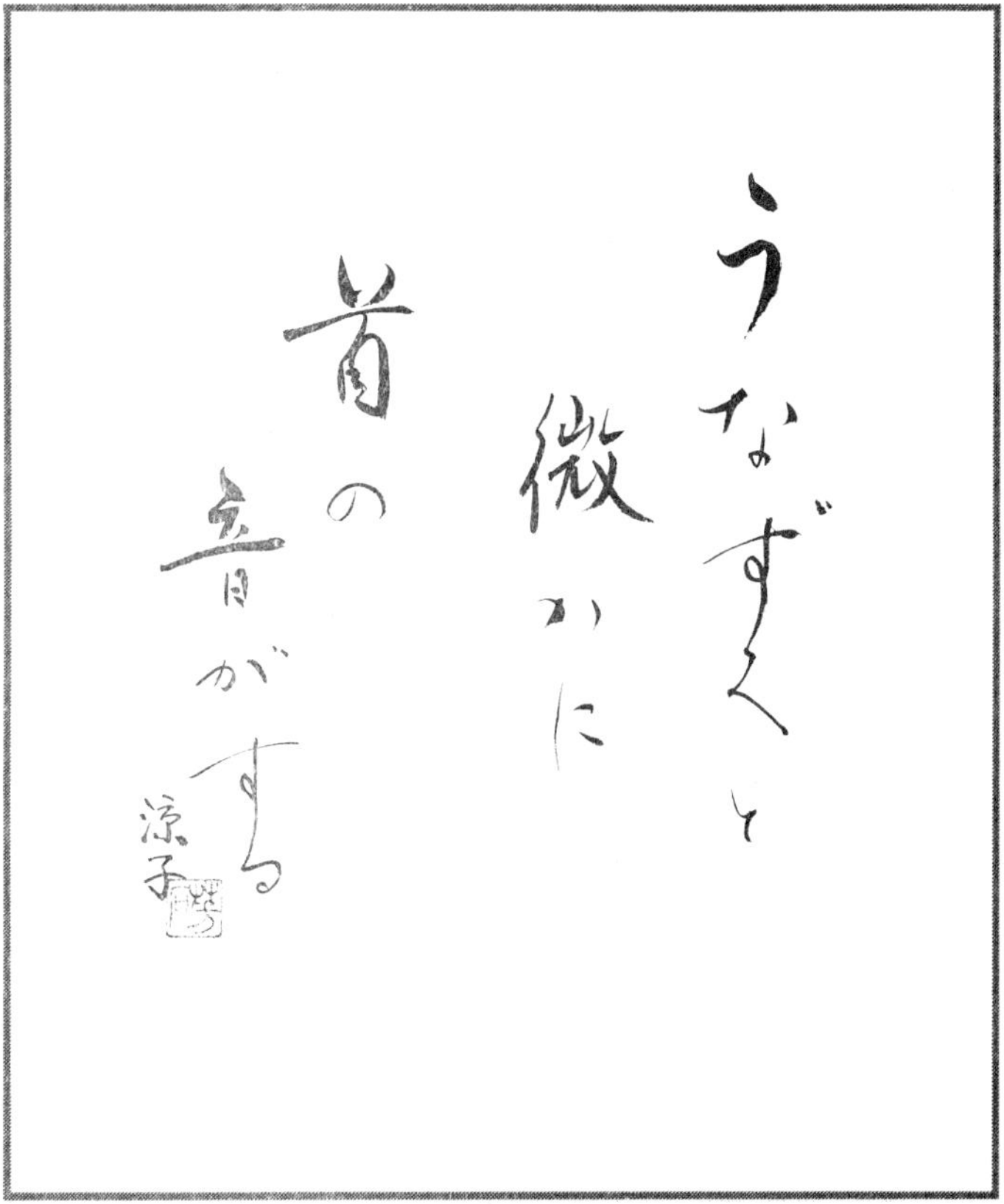

うなずくと微かに首の音がする
（第三回川柳マガジン文学賞大賞受賞作）

書：西田高行

川柳句集　あらくさ

I

一九九九〜二〇〇二年

寒晴れに干し大根の笑い皺

赤字でも家計簿だけは御名算

安産を祈願今日だけお犬様

澄み渡る空に心を見透かされ
電線に鴉も朝のミーティング
今ならば生中継の泉岳寺

冤罪は晴れて青春還らない

捨てきれぬ夢と列車に乗った春

青木繁と遥かに望むかっぽ酒

雪原を越えればきっと里がある

連凧は明日への糧の風を読む

健やかな大地が欲しい足の裏

定年に家の空気を入れ替える

からだ中健康グッズ付けてみる

リストラに充電中のちぎれ雲

山門に入る均等法を従えて

家中の話題を入れた冷蔵庫

枠に嵌めないでと赤いランドセル

訳もなく涙が出ます阿弥陀さま

断崖に立てば女の底力

初物を食べていのちの延びる音

豊饒の海を還せと海苔は泣く

水屋にも明日を語る茶碗たち

過疎守る星の話が聴きたくて

お茶どうぞ訳はゆっくり聞きましょう

表札は別姓いつも留守ばかり

乗せられてピエロの服を着てしまう

美しい地球に戦似合わない

恋の病いにシュワッとレモンかけてみる

褒められて多弁になっていく牡丹

こぼれ種いつも大地は受けとめる

ぼんやりも素敵りんごの片思い

棚田を守る寡黙な父に汗光る

息継ぎが上手く出来ない百貨店

フラッシュを浴びて石榴は熟れていく

こわれいく母にまだ延命装置

無洗米女の歴史変えていく

湯につかる朝日の中にいる平和

終焉はおまかせします阿弥陀さま

フクちゃんと戦後を生きた下駄の音

空缶がごろごろモラル問うている

目にかえて十指でなぞるみすゞの詩

真っ白に昨日を洗う洗濯機

ひまわりに声かけられた夏帽子

教科書に大陸の疵疼き出す

今はまだ横一線の入社式

父いまも天の畑で鍬を打つ

自立への道に目覚めた車椅子

糖尿に頭の痛い貰い物
極細のセーター愛を温める
おとなしい人を味方と見てしまう

のど飴を転がす語彙の浮ぶまで

げんげ草手籠いっぱいわらべ唄

お月さま本気にしてもいいですか

おやすみと言える幸せありがとう

初対面雑踏に待つ週刊誌

目覚めれば子は東京の風纏う

ジューンブライドたわわに枇杷も実を結ぶ

明快な答見つけたジャンプ傘

青春に会いたくなった登山靴

メル友に癒されている二十五時

体調を気づかう友の筑後弁

サッカーも戦も見てる青い空

誘惑に負けそう枇杷の実が揺れる

減反の話を聞いて田は緑

草原の風と対話のハーブティー

少年はヒッチハイクの地図を持つ

ごみ拾い自然にふれるエコツアー

双方の主張譲らぬ押し相撲

庭に咲く梅と地球の話する

寝たきりになるなと竹を踏む素足

キャパの眼を借りて裸足の児は叫ぶ

バス停へ急ぐ猫背は親譲り

オーイ春私に元気くださいな

自転車で配る出来すぎほうれん草

軒下の雀も日向譲り合う

修羅こえる仮面いくつも用意する

煮つめるとふる里だけが掌に残る

ブランドに縁はなかった猫じゃらし

袖通す素直になれる紺絣

すいとんは昭和の飢えを忘れない

栗ひとつ秋を演出するセンス
一枚のはがきで軽い勝負する
飾ってはみてもひとりの花囲い

子を叱る逃げ道だけはあけながら

真実が見えてくるまでガラス拭く

白紙にはもう戻れない砂時計

名水の湧き出るところ神が棲む
よく乾く洗濯物の陽のにおい
はらはらと愉快銀杏の葉の行方

生まれた日Ｂ29が飛んでいた

本音などみじんも見せぬ鬼薊

童謡をつい口遊む丸木橋

スナックの菓子のリズムで児が育つ

完璧をめざし寂しい冬の月

悠悠と田舎の雲は諂わず

着飾ってみても戦に負けている
愛情の度合いを量る半分こ
戦争を母は許したことはない

Ⅱ

二〇〇二〜二〇〇三年

言い出せぬままに食べてる冬苺

太陽を頬張っている露地トマト

白足袋に女の戦秘めている

ネクタイをはずし帆船走りだす

いたずらの訳はいわない男の児

慈雨を待つ日照り続きの子供部屋

向日葵も黙祷をする原爆忌

どの服を着ても若さがはちきれる

しきたりをさらりと変える若い風

組み換えと知らずず大豆は発芽する

一日のパワーを貰うお味噌汁

地震時のマニュアル決めてないわが家

七癖を時には武器にして生きる

大胆なおんな火の橋渡りきる

決断をするかと空に問うてみる

快方にむかう夫の浴衣干す

海底のへどろヒト科のエゴを問う

錆止めに指一本の電子辞書

ワンテンポ遅れて笑い出す落語

湯豆腐をつつけば解けるわだかまり

怒らせることならうまいフライパン

コンビニで立ち読みをする夕涼み

エアコンよ夏のノルマもあと少し

限界の仮面を外す保健室

泥んこで昭和を生きた自負がある

友の訃にわが一病を怖くする

隣にも灯りが点り安堵する

まだ迷う警策を待つ四時座禅

亀の子よ頑張れ海はすぐそこだ

法師蝉言いたい事がたんとある

看病をする義母の半生聞きながら
父と子の中継点に座る母
私も水を汚して生きている

のんびりと風を読んでる回復期

憎しみを濾過する写経まだ続く

ほおずきの芯で火照っている私

いびつでも子供がくれた湯呑碗

八月の声を忘れた核論議

夕焼けと苺の美しい戦

みな揃う鍋の豆腐が笑い出す

交流のダンスのなかの車椅子

微笑んで鋭いカーブ投げる妻

自然がいっぱい昭和の写真温かい

ラストチャンス急げ南瓜の馬車が出る

長かった勝訴の紙が走り出す

地震速報子の住む町でない安堵

雑踏の会話が好きなスニーカー

寄り道の好きな男で温かい

ときめいて南の窓を開け放つ
ドクターに任せるほかはない命
胸の疵なかなか癒えぬ五月闇

根回しのうまい男の舌下錠

自販機は禁酒禁煙聞いてない

老い二人歩調合いだす美術館

吊革のラインダンスがうますぎる

片肺と仲良く生きた半世紀（義兄へ）

一夜にて雪のパノラマ愚をつつむ

平穏を今年も望む福寿草

向き合うと壁は静かに語り出す

生き様を厚いカルテに叱られる

父の喝いまも私の座標軸

ほめすぎたかな隣の枇杷がまた届く

色鉛筆削れば虹が見えてくる

母からの便りも添えた早場米

きらきらはいのち野菜も私も

席に着く鉛筆の芯尖らせて

真っ白な下着に替える旅の朝

願望は赤風船に似てふわり

通販でメランコリーを取り除く

とろとろに煮込んだジャムの独り言

夕方のぶらんこ人を恋しがる

お先にどうぞわたし道草しています

どたんばで淑女の仮面ずれてくる

散骨は耳納※の山にして欲しい

※ふる里筑後地方の山

肥後守削ればとんぼ唄いだす

いっぱいの部屋干しが待つ晴れマーク

夜のバラいとしい人に香を放つ

わが家にも不定愁訴の低気圧

きっかけは貴方と飲んだロゼワイン
手を打とうそろそろ鍋が煮えてきた
うかつにも噂話の輪に入る

少しだけ歩幅を変えて年女

トンネルを抜けてようやく海に出る

灯台の点滅愛は深くなる

お豆腐にまさか偽装はないですね

民営化道路の錆がまだ落ちぬ

脅すならあなたも核を捨てなさい

元旦の新聞ポストこじ開ける

一瞬に命を焦がす夕茜

車座の焼酎敵を作らない

大根引く土の苦労を聞きながら
決戦はラーメンの汁飲み干して
落日に今日の無策を責められる

熟年の指はパソコン恐怖症

研ぎ汁の話が聞けぬ無洗米

四季咲きのバラよ饒舌すぎないか

鶴彬読む冷房の効かぬ部屋

人間を嫌いアイボに癒される

壷を割る妥協許さぬ作務衣の背

Ⅲ

二〇〇三〜二〇〇四年

満天の星も仲間のバーベキュー

お隣のバラを眺める淋しい日

掛時計些細なことで狂いだす

アメリカに黒人霊歌ある痛み

少年の闇に狼狽する大人

常夜灯痴呆の母の帰り待つ

ボタ山は語る昭和の盛衰記

蟹工船いまも港は時化ている

ホクホクと本音が言えるふかし芋

石積みを学ぶ棚田の後継者

煮くずれた芋に結論せまられる

異議ありと言えないままの冷凍魚

たんぽぽの軽いタッチで親離れ

不戦への誓い新たに知覧の碑

人間の弱さ呪文が効いてくる

はらはらと風花うすい縁問う

アフガンに義足がたりぬ戦後処理

最後には妻が呼ばれる探し物

やる気だな家の灰皿みな消えた

とろとろと妬心煮詰める苺ジャム

寅さんの碑が人情を見続ける

ほがらかな妻が我が家の司令塔

ポケットの夢がふくらむ春の駅

男ひとり指鉄砲で処刑する

プライドを捨てたら息が楽になる

集中打浴びて男になっていく

雲ひとつ父の予報は狂わない

イラク派兵ダブる昭和の負のシーン

鰯雲里に残した母想う

シルバー通りとでも呼ぼうか昼の街

花囲い明日もわたしであるために
リセットのできぬ命と林檎むく
きらきらと鍋は孤独をかみしめる

地球には戦渦の中の春もある

骨のない魚を食べた会議室

残高のない通帳が手放せず

八方美人うすべに色の嘘を言う

携帯はオフに花野をひとり占め

年輪のあちこちにある戦跡

ブティックの棚に女の駅がある
ドームは叫ぶ世界に核がある限り
思慕の森むらさき色に雫する

ＤＮＡ米の素顔を知りたがる

気温上昇ヒトが地球を追い詰める

嘘も方便急にのど飴欲しくなる

気がとがめ多めに盛ったご仏飯

再婚を考えている濃紫

ふるさとは緑の雨の降るところ

夕方になっても扉開かない
風船のなかに幸せまだ探す
恩返し桃はゆっくり熟れていく

鈍らが大木を伐る夢を見る

落葉舞う雪のニンフに出会うまで

木瓜活けて私の部屋も凪となる

くりかえすことの幸せ米を研ぐ

お互いのしっぽを隠すペアルック

裸木を緑でおおう春ドラマ

まだ似合う去年の服に言い聞かす
ひと休みすると私が見えてくる
イラクへと軍靴の音を響かせる

子育てにヒントをくれる母の辞書

変わりなくこだまを返す峰がある

初歩き孫も自立の第一歩

ルノアール観てから迷うダイエット
しゃべって飲んで今日は一日ピエロ役
人ゆるすたびに背中が丸くなる

休養をせよとカルテに諭される

青空に心を干して大掃除

遮断機の向こうも急ぐ朝の顔

日が昇るキャニオン闇を脱ぎ捨てる

正座して痺れませんかお雛様

還暦の母にはやはり赤い薔薇

去年ほど隣に歳暮届かない

年金の浮輪の空気抜きにくる

理性とは哀しいものよ寒椿

大切な花瓶が先に割れていく

三月の補聴器はずむ花だより

臍の緒を切らせてもらいパパとなる

鶴を折る十指に神が宿るまで

ごめん今生きていくのに忙しい

幻想の森で魁夷の馬に会う

望郷千里ハンセン病に遅い春

突然の客に笑顔が間に合わぬ

リハビリの箸の相手をする大豆

検査日は迫るベジタリアンになる

少女もう帽子の下に頬染める

海は凪ぎブルーの布を敷き詰める

同じ水飲んで家族になっていく

正直な背中だノーと言っている

炒豆を遠い昔の音で噛む

砂時計スローライフに憧れる

隊列をはずれた蟻の行きどころ

銀の月さあコーヒーを飲みましょう

歯車が合わぬ銀杏も私も

白鳥だと言い張る性急な戦車

文庫本ほどの甘さの桃を買う

もみじ今わたしのなかを通過中
湿布する位置を鏡に見てもらう
カラフルな服で心をラッピング

日本語はいいなしみじみありがとう

あとがき

『川柳マガジン』五月号を開いたとたん、目に飛び込んできたのが私の一句。何度も何度も確かめたあの感激は生涯の宝物です。

第一次選考で推してくださった安永理石先生、第二次で私の句に光を当ててくださった岩井三窓先生をはじめ選者の諸先生方に、心よりお礼を申し上げます。

私と川柳との出会いは、一九九九年春のこと、脳梗塞の一年後に友人からみづま川柳会に誘われました。初めての五七五の世界。戸惑いと驚きの連続でしたが、句会の和やかさ、率直さのなか、みなさんの楽天的なお人柄に惹かれ、病気との対峙も前向きに変化。その後、川柳総合誌『オール川柳』を手にして、川柳への姿勢も変わり、自己表白の海に嵌っていきました。ようやく私の居場所を見つけたのです。

あれから五年、川柳を通じて多くの方と知り合いになり、特に女性作家のエネルギーをいただきました。みづま川柳会、久留米番傘・戸畑あやめ両川柳会のお一人おひとりに心からお礼を申し上げます。堤日出緒先生、藤井北灯先生には懇切な指導をいただき感謝の言葉も見つかりません。また、『川柳マガジン』を通じてご指導いただいた諸先生の視線を、いつも背に受け作句してきたことを特記しておきます。

このたび、句集を編むことができて幸せです。まだまだ未熟で、ひとさまにお見せできるような句はありませんが、私の分身を晒すことにしました。病と向き合う中で、雑草の強靭さに惹かれ、ふるさとの野山や畦道が、オーバーラップして、『あらくさ』とした所以です。句の配列は、年次順にしています。

句集作りにあたり、新葉館出版の竹田麻衣子さんに色々アドバイスをいただきました。また、柳友の森田佐代子さん、城後朱美さんに句の整理を手伝っていただきました。厚くお礼申し上げます。

本当にありがとうございました。

二〇〇四年五月

馬場　涼子

【著者略歴】
馬場　涼子(ばば・りょうこ)

1999年 4月　みづま川柳会入会
2001年 4月　『川柳かすり』(久留米番傘) 初投句
9月　『川柳番傘』初投句
11月　戸畑あやめ川柳会入会
2003年 1月　バックストローク入会
2004年 1月　『川柳展望』初投句
4月　第3回川柳マガジン文学賞・大賞受賞

現住所　〒830-0102 福岡県三潴郡三潴町田川41-3

川柳句集 あらくさ
川柳マガジンコレクション3

○

2004年 9月 1日 初版

著　者
馬　場　涼　子

発行人
松　岡　恭　子

発行所
新　葉　館　出　版
大阪市東成区玉津1丁目9-16 4F 〒537-0023
TEL06-4259-3777 FAX06-4259-3888
http://shinyokan.ne.jp E-Mail info@shinyokan.ne.jp

印刷所
FREE PLAN

○

定価はカバーに表示してあります。

ISBN4-86044-234-2